망작들 3

임희윤 지음 | 방상호 그림

당신이 음반을 낼 수 없는 이유

꿈꾼문고

차례

	아직도 음반을 사는 바보들에게	008
Cigarettes after Sex	**Cigarettes after Sex**	011
ABBA	**Gold: Greatest Hits**	012
이이언	**GUILT-FREE**	015
	Music from the Motion Picture 〈Once〉	019
Eminem	**The Marshall Mathers LP**	021
Led Zeppelin	**Led Zeppelin**	025
Metallica	**Master of Puppets**	027
The Beach Boys	**Pet Sounds**	029
The Antlers	**Hospice**	032
Daft Punk	**Random Access Memories**	034
Kings of Convenience	**Riot on an Empty Street**	037
루시드 폴	**Lucid Fall**	040
Jason Mraz	**We Sing. We Dance. We Steal Things.**	042
My Bloody Valentine	**Loveless**	045
AC/DC	**Back in Black**	048
Black Sabbath	**Paranoid**	051

Soundgarden **Superunknown** 053

잠비나이 **차연** 057

Chick Corea **Return to Forever** 058

Pink Floyd **The Wall** 060

N. W. A **Straight Outta Compton** 063

Nirvana **In Utero** 066

Pantera **Vulgar Display of Power** 068

Miles Davis **Kind of Blue** 071

Portishead **Roseland NYC Live** 073

Nine Inch Nails **The Downward Spiral** 077

Damien Rice **O** 079

John Coltrane & Johnny Hartman **John Coltrane and Johnny Hartman** 081

Sufjan Stevens **Carrie & Lowell** 085

Coldplay **X&Y** 087

Radiohead **In Rainbows** 090

M83 **Hurry Up, We're Dreaming** 092

Aurora **All My Demons Greeting Me as a Friend** 095

Dream Theater **A Change of Seasons** 099

Korn **Follow the Leader** 100

Mew **No More Stories Are Told Today, I'm Sorry They Washed Away // No More Stories, The World Is Grey, I'm Tired, Let's Wash Away** 103

Patricia Kaas **Kaas chante Piaf** 107

The Chemical Brothers **Dig Your Own Hole** 109

Sigur Rós **( )** 113

Rage Against the Machine **Rage Against the Machine** 117

Prince **Purple Rain** 119

Kanye West **My Beautiful Dark Twisted Fantasy** 121

Alcest **Souvenirs d'un autre monde** 125

The Beatles **Sgt. Pepper's Lonely Hearts Club Band** 127

화지 **EAT** 131

The Eagles **Hotel California** 132

U2 **The Joshua Tree** 135

Ryuichi Sakamoto **Async** 138

Kendrick Lamar **To Pimp a Butterfly** 140

David Bowie **Nothing Has Changed** 143

아직도 음반을 사는 바보들에게

때로는 음반 유통사, 때로는 음반 제작사의 입장에서 썼다.

이 앨범들은 결코 세상에 나와서는 안 되기 때문이다. 앞으로 편지에 쓸 신비롭고 바보 같은 거절의 이유들 때문만은 아니다. 나 같은 바보가 더 이상 나오지 않았으면 해서다. 손에 때를 묻히며 레코드를 고르고, 1번 곡부터 3번 곡까지 이어지는 감정의 흐름에 열광하며 청춘을 허비한 사람 말이다.

정말이지 망할 놈의 작품들이다.

내가 쥔 나약한 언어 한 줌으로는 표현이 안 되는. 허술한 글에 시간을 낭비하느니 앨범 표지나 멤버 사진을 절묘하게 변형한 훌륭한 일러스트레이션, 그리고 무엇보다 여기 소개된 음악 자체에 집중하시길 바란다.

무엇보다, 임의 재생과 무한 추천의 시대에 아직도 음반을 만드는 바보들에게 바친다. 무한 추천과 임의 재생의 시대에 아직도 음반을 사는 바보들에게 바친다. 이제 성가신 날들에 작별을 고하고 편리한 스트리밍의 천국에 오래 사시길 바란다.

그러나 때로는 앨범을 플레이어에 넣으라. 계속해 돌리라. 볼륨을 시계방향으로. 스피커 폭발 직전까지. 고막이 터져나오고 영혼의 몸뚱이와 팔다리가 찢어져 분리될 때까지. 당신 안의 눈물이 모두 터져 승천할 때까지. 목 졸리고 숨 막혀 타들어가라. 범람하는 음악의 파동 속에 육신이 끝내 죽어 영혼으로 돌아가라. 아직도 앨범을 사는 백치들이여. 망할 놈의 작품들이여.

2018년 10월. 이백구동에서 임희윤.

CHOCOLATES AFTER FAX

Cigarettes after Sex

Cigarettes after Sex

그레그 곤살레스 씨께

슬로다이브 같은 공간감에 부서질 듯한 당신 음성, 그늘 속에서 달콤하게 녹아내리는 듯한 멜로디까지. 당신 음악을 무지개색 블랙 캔디라고 불러도 될까요. 깊고 검은 여름밤을 위한 관능의 사운드트랙. 손발이 다 오그라든다고요? 당신 음악이 그래요.

대체로 네 개의 쉬운 코드면 커버할 수 있는 이 음악이 가진 시장성은 무궁무진합니다. 만 레이, 베르너 헤어초크, 마일스 데이비스를 사랑하는 당신다운 정교한 미니멀리즘이에요.

이렇게 쉽게 귀에 박히는 멜로디는 동요로 개작해도 될 정도니까요. 그렇지만 우린 여기까지입니다. 팀명 바꾸라고 강요할 정도로 제가 예술을 무시하는 사람은 아니라고요.

ABBA

Gold: Greatest Hits

베니 안데르손 씨께

일전에 스톡홀름에서 고풍스러운 RMV 스튜디오로 초대해주셔서 감사했습니다. 살아 있는 박물관이더군요. 'Super Trouper', 'The Visitors' 녹음에 쓰신 야마하 GX-1 신시사이저도 다 만져 보고 말이죠.

아바의 베스트 음반을 맡겨주신 것은 저희 회사 입장에서 대단히 영광스러운 업무입니다. 첫 곡 'Dancing Queen', 이거 아직까지도 수많은 머리에 피도 안 마른 젊은이들이 베끼고 우려먹고 있지 않습니까. 리듬, 피아노 테마, 화성… 전부 다요.

ABBA

'Take a Chance on Me', 'Mamma Mia', 'Super Trouper', 'The Winner Takes It All', 'SOS', 'Waterloo'… 이 음반은 작은 천국이군요.

두 가지 말씀드려야 할 것이 남았습니다. 첫째는 히트곡을 열아홉 곡이나 담았는데도 'Honey, Honey', 'I Do, I Do, I Do, I Do, I Do', 'Happy New Year' 같은 건 빠졌어요. 그러게 왜 그리 명곡을 쏟아내셨어요. 둘째는, 좀 민망합니다만, 거절하신 제안 말입니다. 이번 앨범의 홍보를 위한 비에른과 앙네타, 당신과 프리다의 재결합 추진 건 말입니다. 아무래도, 쉽지는 않겠죠…?

이이언

GUILT-FREE

이이언 씨께

책임지십시오.

'세상이 끝나려고 해'와 'Drug'만 며칠째 반복해 듣고 있습니다. 슬슬 죽고 싶어지는군요.

이 앨범은 저희의 영역이 아닌 것 같습니다. 보건복지부에 등록한 뒤 식품의약품안전처의 허가를 득해 판매하지 않으면 쇠고랑을 찰 것만 같은 기분이 든다는 말씀을 드리려고 이 편지를 씁니다.

만약 보건당국의 허가를 받는다고 해도, 제작자의 도의상 저는 음반에 부록으로 항우울제를 반드시 첨부해야 할 듯한 극심한 부담감을 느낍니다. 최소한 'SCLC'의 빠른 템포에 '슬픈 마네킹'의 현진영 원곡(지금 이 우울한 버전 말고) 같은 춤추기 좋은 리듬을 더

한 노래를 세 곡 더 만들어주십시오. 그러고 나서 다시 논의합시다.

아니, 당신이 이끄는 밴드 '못'에서 지독하게 우울한 모던록을 추구하다 이제 솔로로 전자음악을 팠다고 들었는데 전자음악도 전자음악 나름이지 이게 뭡니까. 글리치(Glitch)? 기계가 고장 난 것 같은 이 노이즈 섞인 사운드 자체가 마치 불야성의 서울을 보는 것 같군요. 삐걱대는 디스토피아로서의 서울 말입니다.

그럼 오늘도 즐거운 하루, 아니 최소한 죽고 싶지 않은 하루 보내십시오. 이만.

What tebe?

Music from the Motion Picture 〈Once〉

글렌 핸사드 씨와 마르케타 이르글로바 씨께

먼저 영화 잘 봤습니다.

'Falling Slowly', 'If You Want Me', 'When Your Mind's Made Up', 'Lies', 'The Hill'… 이 곡들의 아름다움을 부정하지는 않겠습니다. 감독을 탓해야지요. 여러분들이 별로라는 말씀을 드리는 게 아니라는 점을 먼저 말씀드립니다. 이 편지를 차라리 존 카니 씨께 전달해주실 수 있을지요.

그렇습니다. 캐스팅이 아쉽습니다. 최소한 키라 나이틀리나 마크 러펄로쯤은 나와줘야 관객들이 눈길이라도 주지 않겠어요? 배경이랑 설정도 그래요. 더블린으로 이주한 체코 아가씨. 물론 감성적이고 좋은데, 무대를 좀 넓혀볼 순 없었나요? 미국 메인스트림에서 성공 가도를 꿈꾸는 팝스타 지망생 좀 나와주고, 결말은 어차피 애매할 것, 조금의 희망이라도 남겨두는, 해피엔드 비슷한 쪽으로라도 갔으면 해서요.

추신. '발연기'를 기대했는데 아마추어치고는 로맨스 연기도 곧잘 하시더군요. 향후 본사의 다른 음반 뮤직비디오 제작 시 참고하겠습니다. 참, 두 분 아직 사귀시는 거죠?

Eminem

The Marshall Mathers LP

마셜 브루스 매더스 3세께

'입에 걸레를 물었다'는 숙어가 우리 나라에 있습니다. 이 말을 먼저 들려드리고 싶군요.

인트로 제외하고 첫 곡인 'Kill You'부터 아연했습니다. 여성혐오, 가족붕괴로 가득 찬 이런 가사는 요즘 시대에 안 통합니다. 닥터 드레의 프로듀싱은 거부할 수 없긴 하군요. N. W. A.나 스눕 독 시대의 비트 전류가 당신의 미치광이 고음 랩을 만나 승압되는 듯합니다. '주의: 고압전류'라고 표지에 지금 막 써뒀어요.

그래도 'Stan'이 있으니 얼마나 다행입니까. 당신과 사랑에 빠진 미친 동성의 사생 팬이 여자친구를 트렁크에 싣고 질주하다 교량 난간 아래로 추락해 사망한다는 드라마틱한 스토리만 아니라면 이 얼마나 아름다운 선율의 노래입니까. 처음에 유재하의 '우울한 편지'를 연상했어요. 그러고 보니 〈살인의 추억〉이 생각나버렸습니다. 식어버린 찻잔을 마주하고 구름 낀 창밖을 바라본다는 낭만적인 후렴구만 살리고 다 죽일 수 없다면 이 앨범 역시 죽어야만 하겠습니다. 우린 정말이지 늘 '전체 연령가'를 추구한다고요.

추신. 지금 다리 위를 질주 중이에요. (꺅!!) 맙소사. 그만! 아, 신경 쓰지 마세요. 제 차 뒷자리에서 들리는 우리 회사 홍보 담당자의 비명 소리일 뿐이니까.

MOther
Father
Gentleman

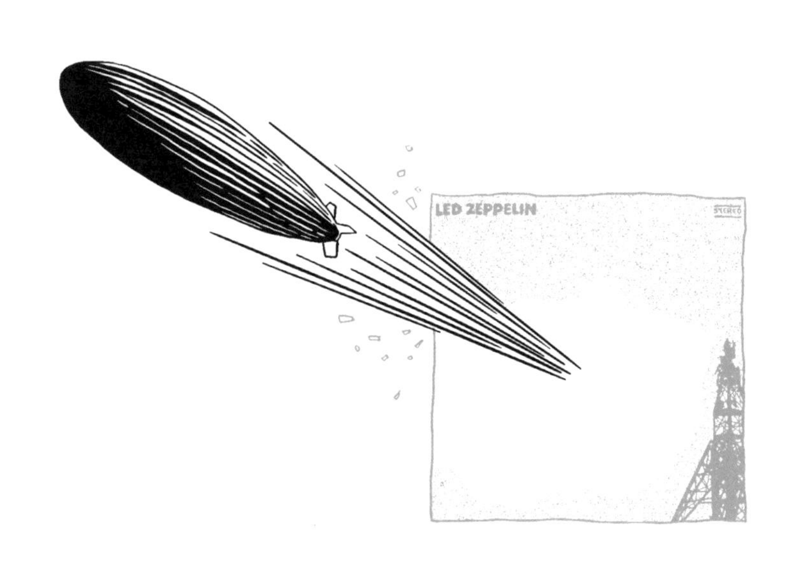
LED ZEPPELIN

Led Zeppelin

Led Zeppelin

지미 페이지 씨께

과연 악기의 신들이 모였다는 소문이 사실이었군요. 이 정도면 블루스록의 신기원입니다. 이런 팀보고 납덩이 비행선처럼 가라앉을 거라고 비아냥댄 사람이 도대체 누구랍니까? 로켓처럼 치솟겠어요. 당신들의 시대가 올 겁니다.

열대야에 들으면 미쳐버릴 것 같은 음악이에요. 'You Shook Me', 'Dazed and Confused' 같은 곡 말이에요. 로버트 플랜트의 목소리와 하모니카, 당신의 슬라이드 기타가 합세해서 흘러내리는 모양새가 마치… 아, 모르겠어요. 멍하고 혼돈스러워요. 정신이 나가기 직전입니다.

기운 차리면 다시 편지할게요.

METALLICA
MASTER OF PUPPETS

Metallica

Master of Puppets

제임스 헷필드 씨께

죄송하지만 이 앨범의 마스터를 야생동물보호소에 기부해도 될지요. 미아가 돼 따뜻한 인간의 손에 자란 맹수에게 꼭 들려줘야 할 것 같아서요. 첫 곡 'Battery'가 나오는 순간, 아마 DNA 깊숙이 묻혀 있던 야성이 살아나 하늘을 우러러 포효라도 할 것 같으니까요. 이 기타 톤과 타이트하게 따라붙는 드럼의 스피드가 주는 쾌감, 뭐라 표현해야 할까요.

실은 두 번째 곡 'Master of Puppets'를 듣다 팬티를 살짝 버렸다는 이야기를 하려던 참이었습니다. 드라마틱한 먼 길을 돌고 돌아 수미쌍관. 메인 리프가 다시 등장하는 6분 38초쯤에서 그만 맥이 탁 풀렸거든요.

이제 거절의 이유만 말씀드리면 되나요. 쉬운 리프가 없어요. 왜, 얼치기 기타 키드들이 따라 칠 만한 만만한 리프 있잖아요. 'Smoke on the Water', 'Sweet Child o' Mine', 'Back in Black' 같은 거요. 이 빠른 리프를 또 죄다 다운 피킹으로만 쳐야 한다고요?

The Beach Boys

Pet Sounds

브라이언 윌슨 씨께

비틀스의 〈Rubber Soul〉을 능가하고 싶었나요? 그렇다면 해냈군요. 처음 두 곡—'Wouldn't It Be Nice'와 'You Still Believe in Me'만 듣고도 알 수 있었어요. 그런데 'Don't Talk', 'Caroline, No'까지… 이건 온전한 승리입니다. 환상적인 보컬 화음으로만 당신들을 알고 있었는데 거기에 이토록 환각적인 편곡까지… 'God Only Knows'는 폴 매카트니라도 질투하며 역사상 최고의 곡으로 꼽을 만큼 완벽하다고요. 아마 이 음반이 세상에 나오면 비틀스가 역사상 최고의 앨범으로 반격해 올 겁니다.

문제는 당신도 아시겠지요. 수십 명의 관현악단으로도 모자라

하프시코드, 팀파니, 테레민까지 필요하다고요? 자전거 경적, 코카콜라 병, 원할 때 짖어줄 개, 열차 소리까지 준비해달라니 제정신이 아니시군요. 이 제작비는 저희 회사가 감당할 수 있는 예산이 아닙니다. 비틀스의 애플레코드에 한번 알아보시죠.

The
Beach
Boys Pet
Sounds

The Antlers

Hospice

피터 실버먼 씨께

호스피스 병동 간호사와 말기 암 환자의 러브스토리를 콘셉트 앨범으로 만들 생각을 하다니요.

아마 로저 워터스 씨도 당신의 노고를 치하할 겁니다. 유령 같은 트레몰로, 전자음과 팔세토, 떨리는 목소리와 절규가 노랫말의 드라마를 쌓아올리네요. 이 모든 소리들이 아카데미상감입니다.

반복되는 주제 선율과 화성을 여러 곡에서 변주한 것은 거의 클래식을 방불케 합니다. 샤론 반 에텐 씨의 작지만 큰 역할도 여우조연상쯤은 받을 만해요.

그런데! 그럼 뭐 해요. 해피엔딩, 해피엔딩, 해피엔딩! 이게 그렇게 어려운 일인가요?

THE ANTLERS | HOSPICE

Daft Punk

Random Access Memories

기마뉘엘 드 오망크리스토, 토마 방갈테르 씨께

나일 로저스, 폴 잭슨 주니어, 네이선 이스트… 진짜 손으로 치는 악기의 거장들을 불러 모아 당신들의 인정머리 없는 전자음악과 잘도 섞어놨군요. 이건 마치 초현실주의 예술가 H. R. 기거가 창조한 영화 〈에이리언〉 캐릭터 같아요. 생체와 기계의 완벽한 교합. 2010년대에야 다다른 디스코와 멜랑콜리의 또 다른 봉긋한 꼭짓점.

그러나 당신들의 그 애매모호한 주장이 맘에 걸립니다. 1999년 9월 9일 오전 9시 9분, 프랑스 파리의 스튜디오에서 작업하던 중 하필 그 시간대에 컴퓨터 버그로 기자재가 폭발하는 사고를 당한

GRAMMY AWARDS
PREMIERE
CEREMONY

뒤 사이보그들이 되셨다고요? 그래서, 계속 그 무거운 헬멧을 쓰고 다니시겠다고요? 이러다 이 앨범으로 그래미 트로피라도 타면 어쩐답니까. 그 확률, 심지어 높아 보여요. 시상식에 그 꼬락서니로 나가기라도 하겠습니까. 레드카펫은 넘어간다 치고, 화장실은 어떻게 가려고요.

Kings of Convenience

Riot on an Empty Street

엘렌 외위에 씨께

언제나 그렇듯 홍보 문구부터 떠올랐습니다. 북구에서 온 사이먼 앤드 가펑클, 오로라를 타고 온 두 명의 딜런.

첫 곡 'Homesick'부터 한 방 먹었습니다. 가사에 쓰여 있듯 멍하니 빠져들어서 듣고 있다 일 안 한다고 상사한테 욕먹기 십상으로 아름답군요. 목소리, 하모니, 사각대는 통기타 소리와 소리들…

세 번째 곡 'Cayman Islands'에서는 그야말로 심정지 할 뻔했습니다. 카리브해상의 조세피난처, 케이맨제도를 이렇게 예쁘고 꿈결같이 표현해놓으면 어떡합니까. 저희 회사가 안 그래도 요즘

세무조사를 앞두고 있어 불안합니다. 정기감사도 있고요. 이런저런 돈 안 되는 음반들에 잔뜩 투자했다는 걸 알면 투자자들이 가만두지 않을 거예요. 우리, 케이맨제도 얘기만은, 그냥 이대로 묻어둡시다. 죽을 때까지.

KINGS OF CONVENIENCE
RIOT ON AN EMPTY STREET

루시드 폴

Lucid Fall

불안하고 가녀린 보컬과 소심한 기타 연주. 이것은 골방 음악가가 만들 수 있는 최고의 포크 마스터피스입니다. 다만 여기 기록된 체념의 정서가 과연 스마트 시대 밀레니얼 세대에게도 먹힐지는 모르겠네요. 이를테면 '새' 같은 곡 말이에요. '난 단지 약했을 뿐/널 멀리하려 했던 건/아니었는데/난 아무래도 좋아/하지만 너무 멀리 가진 마/어쩔 수 없다 해도'라고요, 음… 그리고 '나의 하류를 지나' 떠나가버린다는 건 이별에 대한 훌륭한 은유이지만 이 역시도 너무나 무기력해요. 심한 조증과 과도한 자신감을 가진 분들을 돕기 위한 무료 자선 음반 쪽으로 풀면 어떨지요.

Jason Mraz

We Sing. We Dance. We Steal Things.

제이슨 토머스 므라즈 씨께

멜로디, 멜로디, 멜로디.

이 앨범이야말로 멜로디의 승리입니다. 멜로디가 주렁주렁 열린, 끝없이 뻗은 포도밭이에요. 당신이 아보카도 농장을 운영한다는데 그 아보카도 맛 좀 보고 싶어지는군요.

'I'm Yours'는 대박 좀 치겠는데요. 요가 명상을 하다 접신 비슷한 걸 하고 세상 보는 눈이 달라졌다는 이야기랬잖아요. 이거 대외홍보를 위해선 각색이 필요해요. 온전히 좋아하는 여성에 대한 연가라고 말이에요.

JASON MRAZ

WE SING. WE DANCE. WE STEAL THINGS. LIMITED EDITION.

'Lucky', 'Butterfly', 'Live High', 'Love for a Child', 'Details in the Fabric'… 이거 점입가경이네요.

근데 보기보다 고집이 세시군요. 그 페도라를 쓰고 우쿨렐레를 들고 천사의 미소를 지으면서 당신은 내게 말했죠. '훔친다'는 말이 들어간 앨범 제목도, 다섯 살짜리가 그린 듯한 초상화가 담긴 표지도, 털끝 하나 건드리지 말라고. 좋아요. 건드리지 않을게요. 빌어먹을 빌보드 차트에서 승승장구하거나 말거나!

My Bloody Valentine

Loveless

케빈 실즈 씨께

솔직히 첫 트랙 'Only Shallow'를 듣는 순간 생각했습니다. '이 음반 뭐야, 괴물이잖아!' 정확히 말하면 앨범의 첫 소리, 네 번의 스네어 연타와 거기 딸려 나오는 거대하고 뭉툭해 형체를 이해하기도 힘든 심해괴물 같은 그 어마어마한 기타 사운드 말입니다.

그런데 그만큼이나 어마어마한 문제가 있다 이겁니다. 쓸데없이 비슷비슷한 기타 코드를 1, 2분씩 두드리고 있는 연주가 너무 많아요. 길고 시끄러워요. 그에 반해 보컬은 왜 이렇게 웅얼거리는 겁니까. 어디 가사나 알아듣겠어요? 연주에 비하면 사람 목소리가 왜 이렇게 작죠? 믹싱의 기초부터 다시 공부하고 오시죠.

참, 작별 인사를 나누기 전에, 한 가지 더 지적할 부분이 남았네요. 4번 곡 'To Here Knows When'만 듣고 이러는 게 아니에요. 전기기타에 달린 트레몰로 암을 눌렀다 풀었다 하는 걸 왜 이렇게 반복합니까. 기타 연습도 처음부터 다시 하셔야 할 듯. 음높이가 비에 젖은 종이처럼 오르락내리락하니, 음반이 불량이라고 반품 요청 쇄도할까 두렵네요.

남은 희망은 이것뿐입니다. 'When You Sleep'이나 'I Only Said'처럼 템포 있고 멜로디 좋은 곡을 세 개만 더 만드는 것. 단, 기타 볼륨과 디스토션은 줄이고 보컬은 좀 듣는 사람이 알아듣게 녹음을 다시 해서요.

아무튼 몇 달씩 스튜디오에 틀어박혀서 한 곡을 녹음하고 엎고 다시 녹음하고를 반복하는 당신이 제정신이 아니라고 업계 관계자가 귀띔해주더군요. 음반사 돈을 제작비로 끌어다 몇 억씩 날려먹는 파산의 신이라고도요.

그럼 더 험한 말 나오기 전에 이만 줄이겠습니다. 참, 음반 남는 거 있음 세 장만 더 주시죠. 불면증 앓는 친구들 주게. 이 앨범은 있잖아요, 현실이 아닙니다. 몽환적이란 단어를 사전에서 다시 찾아보려는 참입니다. 꿈 같은 게 아니라 이건 그냥 꿈 그 자체라고요.

AC/DC

Back in Black

앵거스 영 씨께

오랜만에 우직한 4분의 4박자의 힘을 보네요. 군더더기 없는 비트와 리프. 이게 진짜 로큰롤이죠. 와우.

그런데 타이틀곡 'Back in Black'이 실은 추모곡이라면서요? 요절한 전 보컬 본 스콧을 기리되 생전 그의 성정에 맞게 슬프지 않게 축하곡처럼 써달라고 신임 보컬 브라이언 존슨 씨께 부탁했다면서요? 이건 존슨 씨에게도 할 짓이 못 될뿐더러 저희 회사의 기업윤리와도 부합되지 않습니다. 아무리 부활을 상상한다고 해도 검은 옷을 입고 돌아온다니, 좀 끔찍하지 않나요?

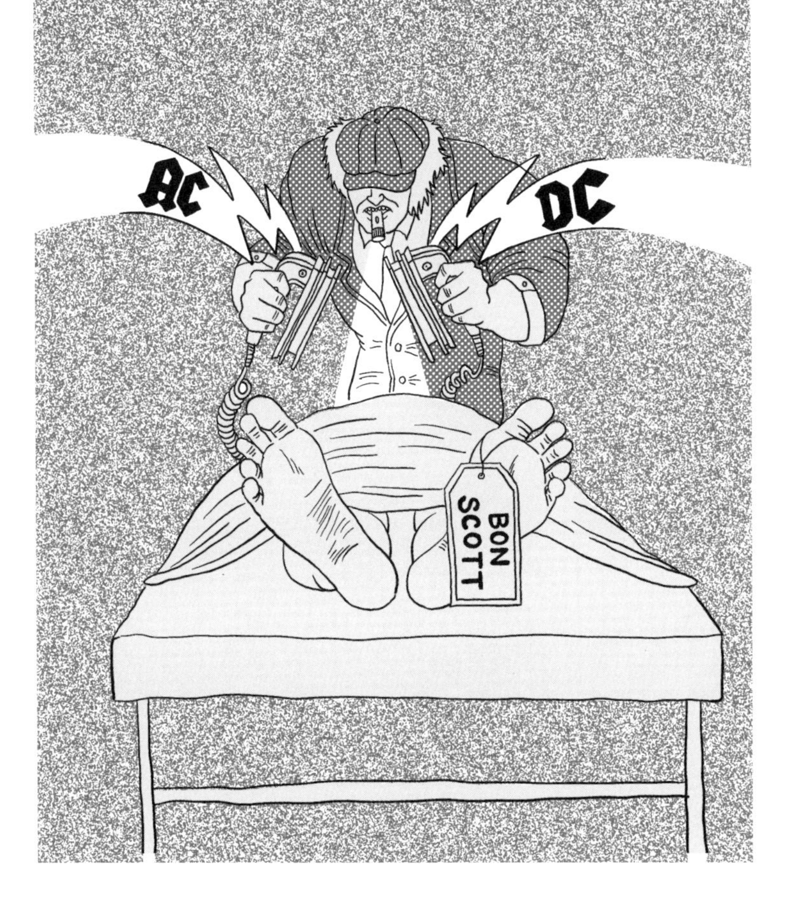
AC
DC
BON SCOTT

BLACK SABBATH
PARANOID

Black Sabbath

Paranoid

토니 아이오미 씨께

다음은 보내주신 데모를 들어보고 본사가 내린 결정입니다.

첫째, 이 앨범이 풍기는 사악하고 불길한 분위기가 청소년의 일탈이나 기타 사회 문제와 연루될 경우, 그에 대비할 법률 자문이 수반돼야 한다는 것입니다.

둘째, 언론 인터뷰나 공식 석상에서는 늘 밝은색의 옷을 입고 활짝 웃어주시기 바랍니다.

이를테면 첫 곡 'War Pigs'를 앞세워 '전쟁을 반대하는 블랙 새버스!' 같은 식으로 홍보하면 어떨까요. 그나저나 'Iron Man', 물건이네요. 마지막 1분 20초간의 후주는 도대체 뭘 먹고 녹음하신 것인지요. 이 부분을 확장해 아이언맨 심포니 같은 걸 만드는 것도 이미지 세탁에 도움이 되겠네요. 슈퍼히어로 영화 '아이언맨'은 어떨까요. 제가 너무 부담을 드리는 것 같군요. 좀 더 밝은 앨범을 만들었을 때 다시 연락 주시지요. 그래도 지난 앨범에 비하면 많이 나아졌어요.

Soundgarden

Superunknown

크리스 코넬 씨께

실례가 안 된다면 표지 사진을 촬영한 케빈 웨스텐버그 작가께 먼저 경의와 사의를 표하고 싶습니다. 이 앨범이 자아내는 심상이 통째로 이 커버에 담겨 있군요. 불길하고 어둑어둑하고 아래로 향하는 이미지들 말입니다. 절망, 죽음 같은 것들로 설마 빌보드 앨범차트 1위 따위를 노리고 있는 건 아니시리라 믿습니다.

킴 대일 씨의 무거우면서도 사나운 기타 톤과 플레이, 당신의 칼칼하고 지적이면서도 간혹 광기에 가득 차 고음으로 치솟는 보컬이 아깝습니다. 악곡의 대중성이 이렇게 달려서야…

싱글로 밀자고 주장하시는 발라드(발라드 맞죠?) 'Black Hole Sun'을 듣고 저도 소름이 돋았지만 이 역시 햄버거와 코카콜라를 먹으며 듣기엔 미국 대중에게 너무도 무겁군요. 부디 건승하시길 기원합니다.

SOUNDGARDEN
Seattle's Gloom

잠비나이

차연

왠지 제목에 끌려 'Connection'부터 들었던 제 잘못입니다. 해금, 태평소, 거문고, 그리고 포스트록. '그래, 이건 시규어 로스를 넘어선 지화자 좋수야. 이 음악은 BBC 어스에 팔아야 돼. 명품 다큐멘터리용으로!'

그다음으로 들은 게 '감긴 눈 위로 비추는 불빛'이었지요. '야, 이건 EBS 프라임 다큐멘터리용인걸! 막판에 좀 거세지는 게 걸리지만…' 저도 꽃별 정도는 좋아하거든요.

그러고 나서야 1번부터 차례로 재생했죠. '소멸의 시간', '그레이스 켈리'… KBS에 연락했습니다. '전설의 고장' 팀에요. 해금, 태평소, 거문고, 그리고… 메탈?! 에구머니나. 이게 뭐야. 이건 나락을 위한 염불? 절멸로 향하는 대취타?

Chick Corea

Return to Forever

칙 코리아 씨께

음악 좋고, 이름 좋고. 족보 잘 찾아보면 베니스의 개성상인 같은 분 나올 겁니다. 한국계로 밉시다. 잘만 다듬으면 재즈 팬, 월드뮤직 팬, 뉴에이지 팬, 전위음악 팬한테 두루 먹힐 음악이에요. 듣고 있으면 꼭 꿈속에서 미지의 세계를 나는 것 같다니까요. 게다가 표지 시안을 봤지 뭡니까. 멋져요! 바다 위를 나는 갈매기라… 캬… 플로라 푸림 씨께 리처드 바크의 『갈매기의 꿈』 내용을 각색한 노랫말을 추가해보라고 해봐야겠어요.

근데, 뭐라고요? 제작자가 마… 만프레드 아이허? 그 ECM 운영하는 독일 고집쟁이? 우리 조언이 씨알도 안 먹히겠군요. 거참, 그 양반이 놔주면 그때 다시 연락 주셔요.

chick corea · return to forever
ECM

Pink Floyd

The Wall

로저 워터스 씨께

더블 LP라니 일단 너무 깁니다. 물론 전작 〈The Dark Side of the Moon〉이 제법 훌륭했다는 건 인정을 해요. 이 앨범의 제작비를 건질 수 있는 방법은 이 스토리를 토대로 영화를 만들거나 거대한 콘서트를 제작하는 것뿐이라는 게 지금까지 저희가 머리를 싸매고 고민한 뒤 내린 결론입니다.

그럴 게 아니라면, 일단 분량으로 결판냅시다. LP 한 장 분량으로 줄이세요. 데이비드 길모어의 환상적인 기타 솔로를 더 넣으세요. 발라드 곡 몇 개 더 넣읍시다.

'Mother'는 멜로디도 좋고 가사도 꽤 감동적이에요. 그런데 왜 그렇게 복잡한 박자가 필요한지 모르겠어요. 4분의 4박자로 통일

해 더 간결한 곡으로, 그래서 악보도 팔아봅시다. 다들 따라 부르며 연주할 수 있게 만들어서요. 지금 이 상태로는 이거, 연주는커녕 평론가들도 박자를 못 세겠네요. 내년부터는 평론가를 뽑는 국가고시에 이 노래의 박자 체계를 분석하라는 문항을 넣어야 할 지경이에요.

첫 번째 곡 'In the Flesh?'와 마지막 곡 'Outside the Wall'의 대사가 이어지게 만든 뫼비우스의 띠식 구성, 아이디어는 참 좋아요. 근데 이렇게 길고 지루한 앨범을 한도 끝도 없이 들으라는 건가요? 앨범 제목으로 'The Wall' 말고 'Endless River' 어때요?

N. W. A

Straight Outta Compton

이지 이 씨께

LA 외곽의 컴턴이란 동네가 그렇게 살벌한 곳인가요. 꿈에 나올까 두렵네요. AK47을 들고 저한테 어떡하신다고요. 아이스 큐브, 이 양반, 이름처럼 차가우세요. f***은 왜 그렇게 많이 말해요. 저희 회사 금고에 돈 별로 없어요…

아, 거리의 실상을 거리의 언어로 뱉음으로써 거리에서 깨달은 진실을 알리시겠다고요. 알겠습니다. 랩들도 잘하시지만 비트 만드는 닥터 드레 씨는 정말이지 잘하면 되게 크게 되실 것 같아요. 왠지 좋은 헤드폰 쓰실 듯.

만약 이 새롭고 죽이는 음악에 장르 이름을 붙인다면 '갱스터 랩'쯤 되겠군요.

정말 죄송합니다만, 사무실에서 벌써부터 무릎 꿇고 빌고 있습니다만, 이번 계약은 어렵겠어요. f***에 전부 '삑' 처리를 하는 노동을 저희 직원들 동원해 해봤습니다만, 결국 'Fuck tha Police'란 곡만큼은 소생 불가더군요. 저희 회사는 시민의 지팡이, 경찰과 싸우고 싶은 맘도, 그럴 능력도 없답니다. 회사 창고엔 AK47 대신 간식거리뿐이거든요.

N.W.A
PARENTAL
ADVISORY
EXPLICIT CONTENT

Nirvana

In Utero

커트 코베인 씨께

죄송합니다. 저희 회사는 극도의 염세와 자기 파괴를 그 어떤 경우에도 장려하지 않습니다.

NIRVANA
IN UTERO

Pantera

Vulgar Display of Power

필립 안젤모, 다임백 대럴 씨께

스타카토 한 개 한 개마다 10톤짜리 해머 하나, 아드레날린 1리터씩을 주입한 건지요. 지금 당신들의 이 말도 안 되는 메탈을 듣고 있자니까 말이에요, 주먹을 막 휘두르고 싶어져요. 50분 동안 쉬지 않고요.

맞고 싶지 않으면 이만 꺼지시지!

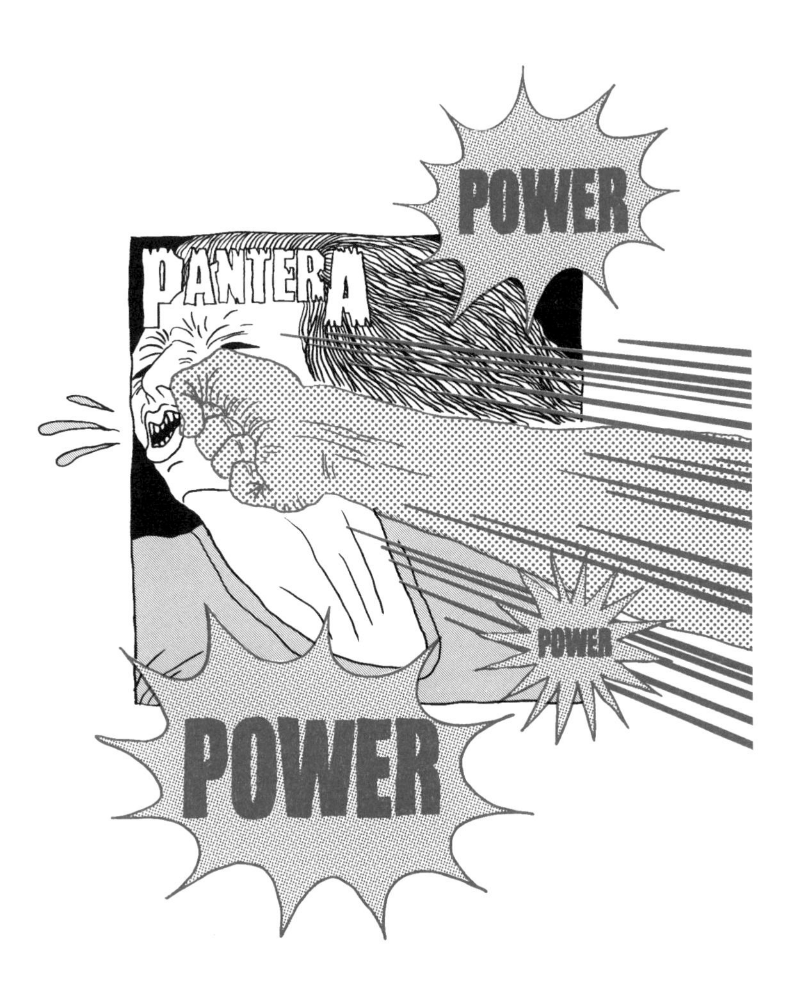
POWER
PANTERA
POWER
POWER

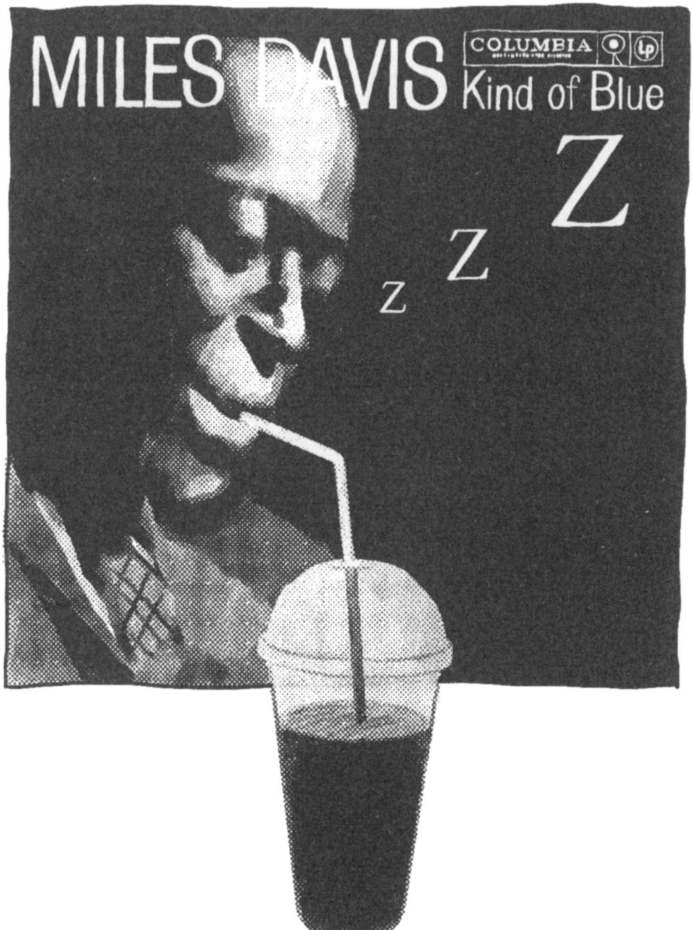

MILES DAVIS
COLUMBIA
Kind of Blue
z Z Z

Miles Davis

Kind of Blue

마일스 데이비스 씨께

'So What'의 주제 선율이 며칠째 제 머리에서 떠나지 않습니다. 재즈라면 재 자만 나와도 도리도리할 정도로 문외한이기만 했던 저의 취향까지도 저격하시다니요. 열혈 록 마니아인 저를 쉬운 블루스 코드 진행으로 꾀어내셨습니다. 블루스이되 이건 우주의 블루스입니다. 검고 광막한 공간 사이로 색소폰과 트럼펫이 혜성처럼 오가는군요. 재즈적인 즉흥연주라는 게 이런 맛인 거군요. '카인드 오브 블루'라는 제목까지도 매우 있어 보이는 작명입니다.

그런데 싱글의 부재가 치명적입니다. 9분짜리 세 곡에 11분짜리 한 곡이라니요. 유일하게 5분대인 'Blue in Green'에 혹했지만 이건 그냥 또 다른 예술적인 자장가예요. 제아무리 고상한 사람이라도 이 고혹적인 45분을 한 차례도 졸지 않고 버텨내기는 쉽지 않겠어요.

Portishead

Roseland NYC Live

제프 배로 씨께

먼저 축하드립니다.

당신은 원래 스튜디오 오퍼레이터로 시작해 매시브 어택의 보조 엔지니어를 거쳤다죠. 급기야 이번에 오케스트라와 협연까지 해낸 거잖아요.

그런데 이만하면 멈출 줄도 알아야죠.

우아한 관현악, 베스 기븐스의 우울한 목소리에 실시간으로 스크래칭을 얹으면서 바쁘게들 움직였던 실황이라는 건 압니다만, 이건 좀 과한 것 같습니다. '오버'라는 말 알아요? 특히 관현악이 그렇네요. 서울팝스오케스트라 정도로 가볍게 가면 어때요?

물론 'Glory Box'의 그 왜 우울한 기운을 샘플 음원 말고 실제 현악기군이 유령처럼 떠받치는 건 정말 압권입니다. 얄미울 정도로 절묘하게 삽입된 와와 페달 블루스 기타랄지, 'Cowboys'의 말미에서 철컹대는 스크래칭도요. 멜로와 호러가 접목된 흑백영화 같은 톤이에요.

근데 이 어마어마한 습기를 대서양 건너 뉴욕까지 어떻게 운반한 거죠? 당신들의 본거지 브리스틀은 영국에서 가장 볕이 잘 들고 따뜻한 도시잖아요.

PORTISHEAD
roseland nyc live

Nine Inch Nails

The Downward Spiral

트렌트 레즈너 씨께

잠시만요. 첫 곡 'Mr. Self Destruct' 앞에 나오는 이 '퍽! 퍽!' 소리, 혹시 사람 때리는 사운드 맞나요?

모든 곡을 찰스 맨슨 일당의 살육 현장이었던 집에서 작곡했다고요?

이걸 사람들한테 팔겠다고요?

damien rice O

Damien Rice
O

데이미언 라이스 씨께

지질하기 짝이 없군요.

당신 목소리를 듣고 아일랜드 더블린의 날씨부터 체크해봤습니다. 무엇이 당신을 그리 춥고 외롭게 만들었는지요. 짝사랑하고 차이고 맴돌고, 이런 거 설마 아일랜드 남자들의 장기는 아니겠지요? 구구절절 지질하고 지질합니다. 그래서 이만한 멜랑콜리와 멜로디가 나왔다면 할 말 없지만요.

만약 저희와 계약한다면 싱글로 'The Blower's Daughter'를 밀어볼까 생각했습니다만, 이것마저 학창 시절 클라리넷 선생의 딸을 짝사랑해 만든 곡이라고요. 화산처럼 끓어오르면 뭐 하냐고요. 에스키모처럼 떨고만 있을 것을. 정말 냉수('Cold Water') 마시고 정신 좀 차리셔야겠습니다. 당신의 상태가 심히 염려됩니다. 계약서 대신 제가 자주 방문하는 정신건강의학과 전문의의 전화번호를 동봉합니다. 부디, 마음의 건강 되찾으시길.

참, 그, 왜, 리사 해니건 씨 말입니다. 여러 곳에서 목소리 보탠 여자분. 이런 말까지 드리면 오지랖일지 모르겠지만, 두 분 정말 잘 어울려요. 백년해로 조심스레 기대해봅니다. 그럼, 이만.

John Coltrane & Johnny Hartman

John Coltrane and Johnny Hartman

조니 하트먼 씨께

이 앨범은 들을 수 없는 음반입니다. 음악이 아니라 차라리 풍경이라 부르고 싶군요. 그저 멍하니 바라보게 되니까요.

존 콜트레인 씨의 벨벳 같은 테너 색소폰과 당신의 비단결 같은 목소리가 풀어내는 농밀한 밤의 정경 아래로 매코이 타이너의 피아노가 잔잔하게 물결치는군요.

'They Say It's Wonderful', 'My One and Only Love', 'You Are Too Beautiful' 같은 곡을 듣자니 거실 청소기에게라도 사랑을 속삭이고 싶어져요. 다만 밀어를 주고받기에 31분이란 재생 시간이 너무 짧아요. 달랑 여섯 곡이라니요. 김범수의 '보고 싶다', 헤이즈의 '저 별'을 포함해 여섯 곡쯤 더 넣는 건 어떨까요.

결정적으로 저는 당신과 본사의 계약을 5년쯤 뒤로 미뤄보고자 합니다. 극비입니다만 본사는 비밀리에 타임머신을 보유하고 있습니다. 머신에 따르면 아마 4년쯤 뒤에 'Comme d'habitude'라는 곡이 만들어질 것 같군요. 6년 뒤에는 그 영어 버전 'My Way'가 나올 것 같고요. 프랭크 시내트라가 부르기 전에 그 노래를 우리가 잡아보자고요. 당신의 낮고 미끈한 목소리는 시내트라조차도 부끄럽게 할 만하니까요.

보고싶다
JOHN
COLTRANE
AND
JOHNNY
HARTMAN

SUFJAN STEVENS
CARRIE & LOWELL

Sufjan Stevens

Carrie & Lowell

수프얀 스티븐스 씨께

혹시 존 레넌 씨나 폴 매카트니 씨를 개인적으로 아는지요. 아니면 엘리엇 스미스 씨나요. 음반에 담긴 절망적이고 부서져버릴 것 같은 포크 멜로디에서 방금 언급한 사람들이 떠올라서요. 스미스 씨처럼 자기 가슴팍에 칼날을 박아넣으려는 건 아니겠지요.

먼저 정신과 진료부터 권해드립니다. 저도 주신 마스터 테이프를 쓰레기통에 박아넣고 오는 참이에요.

게다가 앨범 제목의 캐리는 당신이 한 살일 때 부친과 이혼한 뒤 당신을 버리고 로웰이란 남자와 재혼한 생모라지요. 평생 정신

분열증을 앓다 위암으로 2012년 별세한 그의 죽음을 슬퍼하며 만든 앨범이라고요. 저기요. 댄스 리믹스 작업은 어때요. 신나게 가보자고요. 'Back in Black'처럼.

Coldplay

X&Y

크리스 마틴 씨께

털어놓습니다. 'Square One'-'What If'-'White Shadows'-'Fix You'로 이어지는 처음 네 곡의 연쇄에 녹다운 됐습니다. 당신의 코맹맹이 보컬, 고해소에 무릎 꿇고 싶게 만드는 교회 오르간, 그것들을 도화선으로 끝내 폭발해 치솟는 전기기타와 드럼의 맹타… 모든 성스러운 선율들이 록 사운드를 타고 막 승천합니다. 21세기의 성가 모음집이라고 해도 과언이 아니네요. 특히 부친을 잃은 배우 여자친구, 그, 기네스, 뭐랬죠, 맥주 이름 같은, 그… 암튼 그분을 위해 만들었다는 'Fix You'가 압권이네요.

뮤직비디오는 이렇게 갑시다. 핵심 구절은 어차피 'Lights will guide you home'하고 'I will try to fix you'잖아요. 터널 속에서

빛을 쫓다가 막 밤거리로 뛰쳐나가는 거예요. 좀 만화 같지만, 그러다가 막 뛰어들어간 곳이 런던 웸블리 스타디움이야. 드럼의 통타가 폭발할 때 무대 양옆으로 30미터짜리 불꽃 확 치솟고! 여기까지 생각하니, 텅 빈 우리 회사 공간이 떠오르네요…

COLD
CHURCH

Radiohead

In Rainbows

톰 요크 씨께

이 앨범은 미로입니다. 폴리리듬과 멜랑콜리로 촘촘히 짜인 10곡 사이에서 길을 잃어 도무지 빠져나갈 수가 없네요. 마스터를 건네주신 뒤 10년이 지났는데 아직도 연속으로 듣고 있습니다. 좀만 더 듣고 가타부타 얘기해드리면 안 될까요. 한 10년만 더요.

추신. 인터넷 사이트에 올려놓고 듣는 사람 마음대로 값을 지불하게 하겠다고요? 어림 반 푼어치도 없는 소리!

IN/ RA
IN RAIN/
IN RAINBOW/S
IN RAINBOWS/
IN RAIN_BOWS
RA D IOHEA _D
RAD IO HEA D

M83

Hurry Up, We're Dreaming

일단 두 장짜리 CD라는 점에 실망했습니다.

그래도 어떻게든 인내심을 갖고 들어보려고 했는데, 이게 웬일인가요. 인트로 뒤 사실상 첫 곡인 'Midnight City' 한 곡만 반복해서 듣게 됩니다. 성문 기본영어나 수학의 정석처럼. 나머지 스물한 곡도 천재적인데 이 압도적인 곡 때문에 망쳤어요.

남매 앨범이라는 콘셉트는 기가 막힙니다. 마주 보는 CD 1의 3번 트랙과 CD 2의 3번 트랙이 가사나 음악적으로도 맞닿는 식으로 연결한 것 말이죠. 좀 속물처럼 들릴지 모르지만, 하나의 버전을 더 만든다면 판매량이 최소 1.4배는 될 듯합니다. 그러니까 CD 1과 2의 한 트랙씩을 교차시킨 버전을 하나 더 만들어 파는 거죠.

M83.
HurryUp,We'reDreaming.

사실 신스팝과 인디록을 이만큼 청량감 있게 결합한 음반, 멜로디의 홍수로 점철된 앨범이 얼마 만인지 모르겠어요. 당신이 자국 프로 축구리그의 'OGC 니스' 팀 팬이라는 걸 들었습니다. 스타디움의 거대한 응원가 소리에 자극받아 곡을 만들기도 한다고요. 문득 제 환상 속에서 1980년대 신시사이저들을 쌓아올려 지은 대성당의 이미지가 떠올랐습니다. 자정 무렵 'Wait'를 들을 때면 이상한 기분이 들더군요. 하지만, 아무리 생각해도, 두 장짜리는 저희 회사의 재정에 너무 리스크가 크군요.

Aurora

All My Demons Greeting Me as a Friend

에우로라 악스네스 씨께

기막힌 작명을 해주신 아버님, 어머님께 먼저 감사를 올립니다. 노르웨이 출신인데 예명이 오로라라고 하면 좀 낯간지럽고 짜고 치는 거 같잖아요, 왜. 근데 본명이라고 하니 홍보해야 하는 입장에선 면이 서네요. 다만 노르웨이식 발음이 좀 깨는 '에후라'인 건 우리끼리 비밀로 묻어두자고요.

대담하게 뻗어나가는 멜로디, 노르웨이식 영어 발음, 미니멀하지만 아기자기한 전자음 편곡까지, 하나부터 열까지 완벽합니다. 어둡다가 귀엽고 불길하다가 희망적인 양면성도 좋고요.

'Running with the Wolves'의 후렴에서 사운드가 일제히 스피커 앞쪽으로 몰려올 땐 왜 눈물이 났을까요. 그 저음과 드럼과, 차갑게 젖은 신시사이저 분산화음. 그리고 '오늘 밤엔 늑대들과 달리겠다'는 우는 듯한 다짐까지.

다만, 'Murder Song (5, 4, 3, 2, 1)'을 뺄 수 없다는 에우로라 씨의 고집에 두 손 들었습니다. '내 머리에 총을 겨누고 5, 4, 3, 2, 1'? 요즘 노르딕 누아르 장르가 인기라고 해도 이건 도를 넘네요. 앨범 표지 아이디어도 그래요. 왜 나방이냐고요.

DELUXE CD + BOOK

DREAM THEATER
A CHANGE OF SEASONS

Dream Theater

A Change of Seasons

마이크 포트노이 씨께

23분 9초짜리 곡이라니. 3분 9초 오타?

라이브는 가능…?

Korn

Follow the Leader

조너선 데이비스 씨께

그렇죠. 원투펀치란 이런 거죠. 'It's On!'에서 'Freak on a Leash'로 바로 이어져버리는 1-2번 곡에 얼굴을 강타당했습니다. 이건 거의 펄 잼의 〈Vs.〉에 나오는 'Go'-'Animal'급 원투펀치예요. 그, 왜, '붐답다움담다디바' 부분 있잖아요. 거기서 슬랩 베이스랑 기타랑 당신의 미친 주술이 합쳐지는 리듬감이면 말 다 했죠. 아, 생각해보니 '원투쓰리'군요. 3번 곡 'Got the Life'까지 숨 돌릴 틈 없이 내달리는 당신들의 패기에 두 손 들었습니다.

4년 전에 나온 데뷔 앨범, 그거 핵폭탄이었잖아요. 스티브 바이가 주문 제작한 일곱 줄짜리 전기기타를 이용해서 일반 기타보다

완전 5도나 낮게 튜닝했잖아요. 우퍼를 때리는 초저음에 세상 끝날 만난 것 같은 당신의 절규… 2집에서 살짝 보인 클리셰를 이번에 날려버린 것 같아요. 아이스 큐브를 참여시킨 인맥 자랑도 맘에 듭니다.

근데 보세요. 알코올, 마약, 여자로 가득한 스튜디오에서 녹음했다는 사실은 언론에 적당히 숨긴다 치고, 이 가사들은 어쩔 거예요.

Mew

No More Stories Are Told Today, I'm Sorry They Washed Away // No More Stories, The World Is Grey, I'm Tired, Let's Wash Away

요나스 비에레 테르켈스뵐 씨께

덴마크 살죠? 그 위쪽은 공기가 좀 다른 건가요.

요정 같은 목소리를 가진 당신이 부럽습니다. 통기타 하나 들고 그 목소리로 노래만 해도 돈깨나 벌 텐데. 이 팝적이면서 프로그레시브하고 프레시한 음악은 뭐죠?

'New Terrain'은 처음엔 조지 해리슨이 만든 존 레넌의 곡 같았는데 홍수에 무너진 보로 물이 밀려들듯 문득 기타 사운드와 드럼 심벌 난타가 쏟아져 들어오는 중반부에서 뒤통수 한 대 맞았습니다. 카드로 된 병정들의 행진을 보는 듯 기묘한 'Introducing Palace Players'의 건축 미학도 잘 봤고요. 'Beach'나 'Hawaii'는 잘하면 여름 드라이브 노래로 밀어볼 만해요. 'Sometimes Life Isn't Easy'의 장중한 피날레는 음반 전체를 콘셉트 앨범처럼 느껴지게 하네요.

자, 제목이 문젭니다. 계약서 돌려받으시고, 저 유장한 제목은 기네스협회에 등록하든지 말든지 알아서들 하십시오.

STORIES ARE TOLD TODAY.
THE WORLD IS GREY. I'M
NO MORE STORIES. THE
TIRED, LET'S WASH
ARE TOLD TODAY.
I'M

KAAS
CHANTE
PIAF
Deux voix. Deux destins. Un hommage.

Patricia Kaas

Kaas chante Piaf

파트리시아 카스 씨께

에디트 피아프의 참새 같은 목소리란 그렇더군요. 처음 들을 때는 고압전류처럼 강렬하지만 자주 들을 만한 음성은 아니란 겁니다. 그 신경을 거스르는 고음과 지나친 바이브레이션 말이에요.

피아프의 50주기를 맞아 기획한 이 대형 프로젝트에 일단 경의를 표합니다. 'Padam Padam', 'Avec ce soleil', 'Milord', 'Hymne à l'amour', 'La vie en rose'… 당신의 묵직한 허스키 보이스로 커버한 피아프의 명곡들은 새로울뿐더러 제겐 원곡보다 더한 감동으로 다가왔습니다. 로열 필하모닉 오케스트라가 연주한 웅장한 관현악은 그대로 대극장 안에 들어와 있는 듯 듣는 저를 압도해 오더군요. 영화랑 드라마 일도 하는 아벨 코제니오프스키의 편곡, 좋았어요. 장쾌한 명곡 'Mon Dieu'를 여는 훌륭한 서곡, 그리고 간주곡 'Song for the Little Sparrow'도 그의 작품이죠.

다만 하나 걸리는 게 있습니다. 조건으로 제시하신 월드투어 제작비 투자 문제 말인데요. 영상과 안무를 결합해 피아프의 인생 역정을 엮어낸 연출은 일별했습니다만, 런던 로열 앨버트 홀, 뉴욕 카네기 홀을 아우르는 거대한 프로덕션을 감당하기에 저희 회사는 아직 너무 작습니다. 참새처럼요.

The Chemical Brothers

Dig Your Own Hole

톰 롤랜즈, 에드 사이먼즈 씨께

위대한 화학 형제시여, 첫 곡부터 나가떨어졌나이다. 'Block Rockin' Beats', 이거 제목을 'Blockchain Rockin' Beats'로 바꿔도 되겠어요. 한마디로 대박이라 이겁니다. 이건 의심의 여지 없이 1990년대 빅 비트 신에서 가장 중요한 앨범이 될 겁니다. 드럼에 사이먼 필립스, 보컬에 베스 오턴과 노엘 갤러거를 기용한 섭외력에도 기립박수를 보내고요. 마지막 곡 'The Private Psychedelic Reel'까지, 말 그대로 이건 약물에 가깝습니다. 30년 전 라비 샹카르와 지미 헨드릭스가 시타르와 기타로 협연해냈을 법한 환각 효과를 전자 장비로 만들어냈단 말입니다.

벌써 눈물이 납니다만, 이제 결정적 흠을 말씀드려야 하겠습니다. 반복되는 연주가 너무 길어요. 그러지 말고 케이팝 한번 만들어보는 거 어때요? 팀명은 '용감한 형제'?

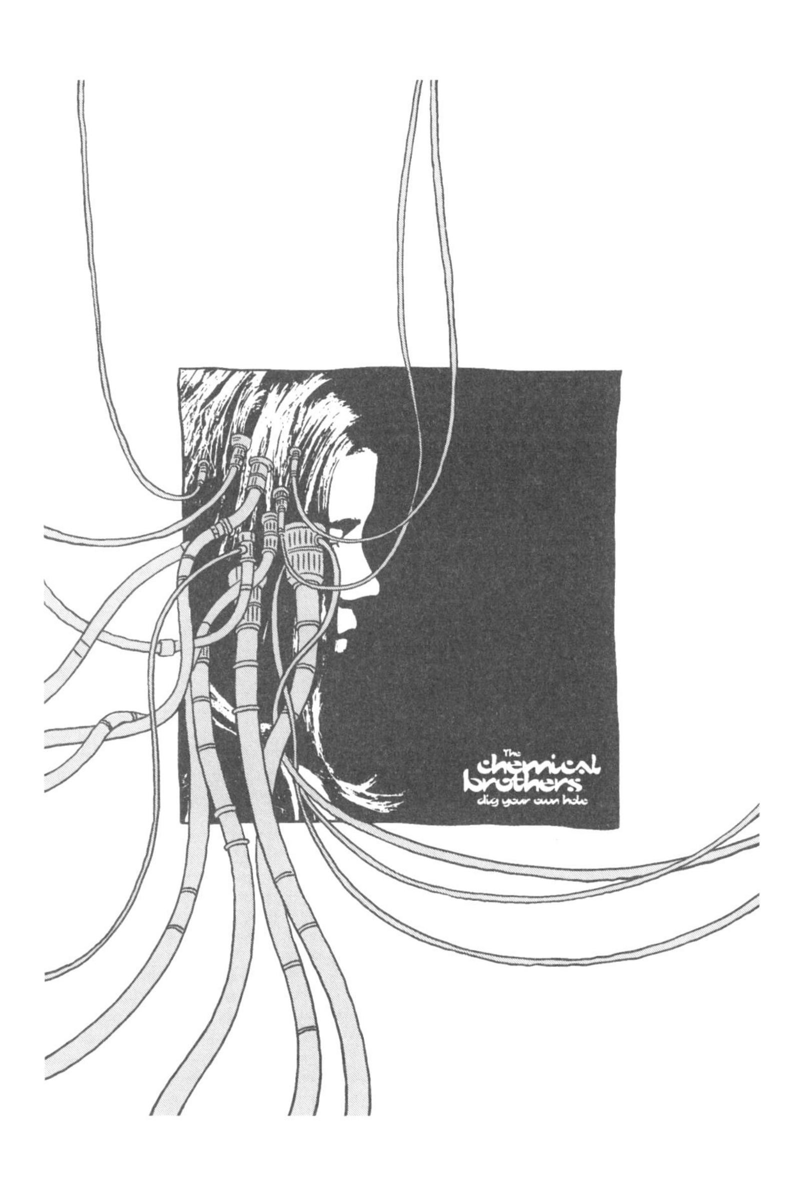
The
chemical
brothers
dig your own hole

Sigur Rós

( )

욘시 씨, 아니, 욘 쏘르 비르기손 씨께

본론으로 들어가기 전에, 저도 죽기 전에 아이슬란드 한 번쯤은 가고 싶어하는 사람이라는 것을 먼저 알리고 싶습니다.

음악 좋아요. 그런데 말입니다, 어디서부터 시작해야 할지를 모르겠네요.

자, 앨범 제목은 그렇다 칩시다. 괄호 안에 할 말이 많다고 치자고요. 트랙 번호만 있지 곡 제목은 없군요. 그냥 좀 과묵한 콘셉트라 치자고요.

진짜 문제는 언어예요. 지금까지 써왔던 아름다운 고국의 언어, 아이슬란드어까지도 괜찮다 말입니다. 구글 번역기에 돌리면 해석은 될 것 아닙니까. 그런데 볼렌스카(Volenska)라고요? 희망어

(Hopelandic)라고요? 당신이 만들어낸 뜻도 없는 언어라고요? 언어를 만들려면 J. R. R. 톨킨 씨께 먼저 여쭙고 오세요. 뜻이 없는 언어는 아무짝에도 쓸모가 없다, 이 말입니다. 특히나 돈을 벌어야 하는 저 같은 사람한테는요. (콘서트에서 따라 부를 만한 가사는 언제 나오나요.)

전체적인 구성은 좋아요. 첫 곡 제목은 'Prayer(기도)'쯤으로 갑시다. 듣다 보니까 너무도 성스러운 기분이 들어서 집에다 커다란 샹들리에 또는 스테인드글라스라도 시공할까 하고 인테리어업자와 상의 중입니다.

그런데 초반에 분위기 잘 잡다 이게 뭡니까. 신의 섭리를 깨닫고 마침내 교회당 앞에 무릎을 꿇은 이처럼 결말 같은 노래를 흩뿌려놓고는 말미에는 다시 신에게 질풍노도의 분노를 퍼붓는 것 같습니다. 이 휘몰아치는 록 사운드 정말 강하네요.

사람들은 해피엔드를 좋아합니다. 은혜받은 것처럼 시작해서는 왜 마지막에 가서 처절한 물음이나 갈구 느낌으로 끝나나요.

좋아요. 값나가게 두 장짜리 LP로 만들어 팔되, 8번 트랙을 가운데, 즉 A면 마지막 곡으로 넣읍시다. '깨달음–저항–회개'로 드라마를 짜보자고요.

제가 지적한 부분들을 수정하신 뒤에 논의해볼 것은 다음과 같습니다.

노르웨이 트롬쇠의 북극교회나 핀란드 라플란드의 얼음호텔과 공동 프로모션을 진행해봅시다. '오로라 라이브' 같은 특별공연도 촬영해서 블루레이로 만들어 팔고요.

당신이 록을 압니까. 이건 록이 아닙니다. 차라리 성당에서 연주해주세요. 신자들이 눈물 흘리며 회개할 테니.

rage against the hoesa

Rage Against the Machine

Rage Against the Machine

잭 드 라 로차 씨께

뭔가 시스템에 화가 잔뜩 나 있는 것 같은데, 요즘 시대에 누가 J. 에드거 후버나 베트남 전쟁 얘기를 궁금해한다고 그래요. 근데 음악 하나는 죽입디다. 마치 레드 제플린의 기타 리프에 힙합 비트와 랩 기폭제를 얹은 마른 장작, 거기에 불이라도 싸지르는 듯해요. 일단 정치색 쫙 빼고, 열심히 운동하자, 이런 분위기로 갑시다. 이거 완전 아드레날린 메이커잖아요. 전국 피트니스 센터에 밀어보자고요. 아 참, 설명에 'No Synthesizers'라고 적었던데, 요즘처럼 편리한 세상에 왜 신시사이저를 마다합니까. 기타로 이런 별의별 소리 다 냈다는 게 신기하기는 합디다만, 이왕 헬스장으로 가는 거, 뿅뿅 사운드도 좀 넣읍시다.

35
Purple Rain
Prince and the Revolution
NEGATIVE 35 mm
35

Prince

Purple Rain

프린스 로저스 넬슨 씨께

인트로의 삶과 죽음에 대한 일장 연설 잘 들었습니다. 장광설이 되기 전에 신명 나는 'Let's Go Crazy'의 리듬으로 돌진해주셔서 감사하고요.

감동 발라드 'The Beautiful Ones'에 완전히 녹다운 됐습니다. 미풍 같은 가성으로 시작해서 미친 사람 같은 그 마지막 절규까지 점증하는 드라마 말이에요. 그 우주적 멜랑콜리의 신시사이저 사운드도 어마어마했고요. 이거 다 직접 치신 거라고요.

'Take Me with U'와 'Computer Blue'의 세기말적 데카당스도

좋았고요. 'Darling Nikki', 'When Doves Cry'의 변태적 상상력은 아이들이 볼까 두렵군요. 마치 3D 안경을 끼고 잠시 다른 세계로 가서 일렉트로닉 팝, 록, 솔의 미래를 모두 보고 온 것 같은 느낌이에요. 마지막 곡… 죽이네요.

하지만 당신이 조건으로 거신, 이 음반을 테마로 한 영화 제작까지는 저희가 못 도와드리겠어요.

Kanye West

My Beautiful Dark Twisted Fantasy

카녜이 오마리 웨스트 씨께

이거야말로 스왜그의 끝이군요.

당신이 힙합계의 미켈란젤로, 다빈치, 잡스, 히틀러, 디즈니, 코베인, MJ, 헨드릭스를 자처한다던데 허무맹랑한 빈말은 아니었어요.

제작비 300만 달러에 21세기 인류 힙합의 집단지성이라고 할 만큼 화려한 출연진. 호놀룰루의 스튜디오에서 두 명의 셰프를 고용해놓고 하루에 90분짜리 쪽잠을 자면서 샘플과 녹음의 수많은 사운드를 콜라주 했다니 수고하셨습니다.

'Power'에서 킹 크림슨의 '21st Century Schizoid Man'이 튀

어나올 때는 아재 록 팬으로서 좀 지렸습니다. 'Hell of a Life'의 블랙 새버스도 그랬고요.

문제는 커버입니다. 이건, 너무하잖아요.

ALCEST
souvenirs d'un autre monde

Alcest

Souvenirs d'un autre monde

네주 씨께

이렇게 성함을 부르는 것만으로도 가슴에 뭉근한 온기가 전해지네요. '통브 라 네주' 때문일까요. 프랑스 하면 샹송만 알았는데 이렇게 훌륭한 메탈이 있다는 사실에 신선한 충격을 받습니다. 포스트록의 공간감과 서사성을 비틀어 '포스트메탈'이라고요. 저는 차라리 '화이트메탈'이라 부르고 싶습니다. 블랙메탈의 어두운 서정 위로 동심과 따사로운 감성을 덧댔으니까요. 이건 딱 천사를 위한 블랙메탈이라고요.

첫 곡 'Printemps Émeraude'(에메랄드빛 봄)부터 당신의 녹아내릴 듯 달콤한 목소리, 거기 대비되는 서릿발 같은 전기기타 소리에 푹 빠졌습니다.

네. 문제는 서릿발이에요. 이리도 아름다운 멜로디와 감성에 서릿발이 웬 말입니까. 기타만 전부 클린 톤으로 바꾸면 어떨까요. 깔끔하고 멜로디 좋은 모던록으로 포장하자고요. 네? 이건 아닌 것 같다고요? 철들면, 아니 철(鐵) 빼면 다시 오세요.

The Beatles

Sgt. Pepper's Lonely Hearts Club Band

폴 매카트니 씨께

1966년 여름의 미국 스타디움 투어를 끝으로 더 이상 로큰롤 밴드 비틀스로 살고 싶지 않아졌다고요? 모든 게 지겨워졌다고요? 그러고 1년도 안 돼 공개한 앨범치고는 너무나 높은 경지입니다.

아이돌 밴드 비틀스에 투영된 고정관념과 이미지를 떨치려 사용한 '페퍼 상사 밴드의 공연 내용'이라는 신선한 포맷, 당신의 아이디어에 먼저 경의를 표합니다.

당신과 존이 반씩 함께 만들고 부른 'She's Leaving Home'은

20세기식 쇼팽의 야상곡 아닐까요. 'Within You Without You'는 리버풀이나 런던이 아니라 인도 봄베이의 강가에 앉아 만든 듯 아찔하군요. 향냄새가 나요. 마지막 대곡 'A Day in the Life'에서는 그만 '주여!'를 외칠 뻔했고요. 대서양 건너 미국의 비치 보이스는, 브라이언 윌슨은 지금쯤 두 손 두 발 다 들고 있으리라 저는 확신합니다.

드높은 취향을 지닌 저는 이 음반은 2066년에야 오롯이 진가를 인정받을 수 있으리라는 의견을 전하며 계약 건은 없던 것으로 하자는 요청을 드리는 바입니다.

추신. 표지에서 간디, 히틀러, 예수의 사진을 뺀 것, 정말 잘했습니다.

Sgt PEPPERS
LONELY HEARTS
CLUB BAND

화지

EAT

'서울에 사는 원주민들의 매일 실패하는 퇴마 의식.'

현기증 나게 몽롱한 비트, 육중한 메스처럼 뇌를 파고드는 이 랩들을 듣고 저에게 떠오른 이미지입니다. '테크니컬러'를 듣다 그만 잿빛 도시 서울에 갇힌 괴물을 마주했네요. 거울 속에서요.

'신이 되거나, 신이 되거나/그 말은 즉 밟거나, 매일 밟히거나'('새로운 신')라고 하신 것처럼 이 음반은 거의 신의 경지군요. 승용차 안에서 가족들에게 들려줬지 뭡니까. 드디어 한 건 제대로 잡은 것 같다면서요. 식은땀 흘리며 정지 버튼을 누르고 말았습니다. '집에서 따라하지마'라고 경고하셨음에도 '말어'에서 갸우뚱하다 끝내 '못된 년', 'FETISH'까지 정주행한 제 잘못이죠. 다섯 살짜리 아들에게 어른들의 놀이에 관해 설명하느라 진땀 뺐습니다.

우리, 언젠가 바하마에서 봐요.

The Eagles

Hotel California

돈 헨리 님께

압도적입니다! … 압도적으로 길어요. 첫 곡부터 6분 30초라니.

네, 알아요. 이건 거의 한 편의 서사시군요. 4분 20초부터 나오는 기타 솔로에는 정말이지 입을 다물 수 없더군요. 마치 신화 속 명장 둘이 용광검과 엑스칼리버를 동시에 빼 들고 검법을 겨루는 듯하다고나 할까요. 수은처럼 흐르다가 강철처럼 일어서는 그 검은 사실 어떤 명검에도 비할 바가 아니에요.

대단해요! … 대단히 무서워요.

이렇게 아름답고 애조 띤 멜로디 위로 끔찍한 호러 판타지 가사를 얹어낼 줄은 몰랐습니다. 호텔이면 좀 더 로맨틱하게 가도 되지 않나요? 그리고 독수리란 밴드명만 놓고 보면, 좀 싱거워서 그

렇지 상업성이 없는 것도 아니에요. 미국 전역에 있는 수십만의 재향군인회나 고엽제 전우회 회원들이 한 번쯤 눈길은 줄 이름이란 말입니다. 그런데 뚜껑을 열어보면 아메리칸드림을 조각내는 냉소라니. 항의받겠어요. 우리 회사 앞에들 몰려와 시위라도 하는 날엔 정말 골치 아픕니다. 'New Kid in Town', 'Life in the Fast Lane', 'Victim of Love'… 뒤에 나오는 끝내주는 여덟 곡을 위해서라도 부디 재고를 부탁드립니다.

조금만 마음을 돌려주세요. 최고급 호텔과 핑크 샴페인을 준비해놓고 기다리겠습니다.

U2

The Joshua Tree

폴 데이비드 휴슨, 아니 보노 씨께

미국에 관한 음반이라니. 아무리 봐도 잘 생각했어요!

아일랜드 최고의 록 밴드로 4집까지 냈으면 미국 시장을 정면 겨냥할 적기죠. 첫 곡부터 죽이네요. 'Where the Streets Have No Name'. 저 앰비언트 뮤직의 거장 브라이언 이노 씨의 아련한 신시사이저가 페이드인 될 때 말이죠, 제겐 모하비 사막의 적막을 찢어발기며 동녘에서 한 줄기 서광이 비쳐 오는 환상이 떠올랐답니다. 디 에지 씨의 서걱대며 다가오는 기타는 또 어떻고요. 일출과 함께 태초의 시계가 째깍대는 초침으로 그 존재를 드러내는 장관이랄까요.

미국의 광활한 풍광에서 영향을 받았다니 참 다행입니다. 그런데 말입니다. 'Bullet the Blue Sky'를 듣다 이상한 내레이션을 들었어요. '가시덤불의 장미처럼 빨간 얼굴'이 설마 레이건 각하를 가리키는 건 아니겠지요. 'Red Hill Mining Town'이 혹시 영국의 대규모 광산 파업을 다룬 건가요?

지금이 어느 시댑니까. 로널드 레이건과 마거릿 대처의 시대라고요. 이것 보세요. 'With or Without You'의 달콤함으로 골치 아픈 정치적 풍자를 덮어버릴 게 아니라면 그만둡시다. 이런 하 수상한 시절에, 웬만하면 국가원수들은 까지 말자고요.

Ryuichi Sakamoto

Async

사카모토 류이치 씨께

40년 동안 당신의 흠집을 잡으려 별러왔습니다.

첫 곡 'andata'는 교회가 바다에 집어삼켜지는 광경을 상상하며 만드셨다고요. 동일본 대지진 때 망가져 조율이 틀어져버린 피아노를 찾아 앨범 녹음에 일부러 사용하신 점도 인상 깊습니다. 그에 대한 말씀도 멋졌지요. "인간이 억지로 조율한 것을 자연이 커다란 힘으로 다시 돌려놓은 것이다."

이제 멋있는 얼굴로 멋있는 거 혼자 다 하는 일은 그만두셨으면 합니다. 옐로 매직 오케스트라 시절의 굴욕 영상을 퍼뜨려버리겠습니다!

Kendrick Lamar

To Pimp a Butterfly

이봐, 켄드릭.

컴턴/모든 게 검던 그곳이

앞다퉈 만점을 준, 착한 아이 미친 도시

그 고치 안에는 날개가 돋지/나비 착취하기. 금욕엔 취약인

100점 더하기 1은 101?/상아색 프로듀스는 악마의 일.

쇼 미 더 머니?/행복보다 돈이 더 머니

블랙 라이브스 매터/검은 삶들도 값져.

재즈 솔 펑크 힙합/검은 소리 여기 다 집합. 합쳐.

노예선에서 갓 내린 쿤타/켄드릭, 아니 케이닷

어서 줘, 땅과 노새/목화밭의 검은 노예

면화 안에서 변화/백악관을 비워놔

루시, 난 컴턴에 동상을 세워놔

오, 멈춰. 얘, 얘/요즘엔 아이돌이 대세

춤추고 예뻐야 팬도 있고 쾌재

그래야 우리도 도착/금고 밖에서 안으로

마지막 줄만 살짝 고쳐/팍에서 탄으로

이거 아니면 안 내줘/판에서 관으로

진짜 싫다면 외쳐/XX XXX XXX!

David Bowie

Nothing Has Changed

데이비드 로버트 존스 씨께

요즘 화성 날씨는 어떤가요. 사후에도 잘 지내시지요.

베스트앨범의 아이디어를 건네주신 지 5년째 (돌아가신 지 2년째) 고민만 해온 저를 부디 용서하소서. 편안히 눈감으셨기를…

이 한 장(실은 CD로 세 장이군요)의 음반으로 당신의 음악 세계를 일별한다는 거 자체가, 말이 되더군요. 물론 〈Low〉를 포함한 저 베를린 3부작의 실험적인 곡들까지 담을 수는 없었겠지만 말이죠. 웬만한 대표곡은 다 들어 있잖아요.

무엇보다 첫 곡이자 신곡인 'Sue (Or in a Season of Crime)' 하나만으로도 이 앨범의 가치는 충분합니다. 당신의 불길하며 매우 록적인 접근법이 마리아 슈나이더의 풍성한 빅밴드 편곡을 만나 장관을 이뤄냅디다. 도니 매캐슬린, 벤 몬더, 마크 줄리아나의 연주도 끝내줬고요.

연대기의 역순으로 당신의 반세기짜리 음악 역사 공부를 할 수 있는 점도 좋았고요. 알려진 곡들의 다른 버전을 즐기는 재미도 쏠쏠했어요. 'Love Is Lost(Hello Steve Reich Mix by James Murphy for the DFA Edit)' 같은 곡 말이죠. 좀 기네요. 그래서 말인데, 지금 59곡을 20곡으로 줄여주시면 어떨지요. 39곡만 잘라내면 되잖아요. 우리, 좀 팝시다.

추신. 정규 25집이자 마지막 앨범으로 준비하신 〈★〉(정말 왜 이래요)의 마스터 테이프도 잘 들었습니다. 첫 곡이 9분 57초이던데… 그럼, 또 연락 주세요. 아직 연락 가능한 거죠?

Nothing has changed.

임희윤

일간지에서 국내외 대중음악을 다루는 기자.
그동안 베니 안데르손(아바), 글렌 핸사드(원스), 조르조 모로더, 제이슨 므라즈, M83, 모지스 섬니, 예지, 조용필, 세카이노 오와리, 안토니오 산체스, 사카모토 류이치, 신중현, 스티브 바이, 양희은, 아이유, 우효, 레드벨벳, 요시키(엑스저팬), 테네이셔스 디(잭 블랙, 카일 개스), 제드, 이박사, 노라조, 프랜 힐리(트래비스), 이외 다수를 인터뷰.
핀란드, 스웨덴, 노르웨이, 프랑스, 영국, 포르투갈, 미국, 브라질, 볼리비아, 일본 등에 싸돌아다니며 음악산업 현장을 취재.
한국에선 SBS, MBC, tbs 라디오에 매주 출연.
비공인 세계 최초 랩 스타일 칼럼 신문 게재. 엠넷 '쇼미더머니' 시즌 2 출전.

방상호

홍익대학교에서 시각디자인 전공. 『단박에 한국사』, 『사라진 민주주의를 찾아라』, 『엘레멘티아 연대기』, 『안중근 재판정 참관기』, 『인생에 화를 내봤자』, 『시골에서 로큰롤』, 『대중음악 히치하이킹하기』, 『유다의 별』, 『싸우는 인문학』 등의 책에 그림을 그림. 단행본 작업 외에도 여러 매체에 그림을 그리고 있음.

망작들 3 : 당신이 음반을 낼 수 없는 이유

1판 1쇄 인쇄 2018년 10월 12일
1판 1쇄 발행 2018년 10월 19일

지은이 임희윤
그린이 방상호
펴낸이 채세진
디자인 김서영

펴낸곳 꿈꾼문고
등록 2017년 2월 24일 · 제2017-000049호
주소 04031 서울시 마포구 동교로 156-13, 4층 502호
전화 (02) 336-0237
팩스 (02) 336-0238
전자우편 kumkunbooks@naver.com
블로그 blog.naver.com/kumkunbooks 페이스북 /kumkunbks 트위터 @kumkunbooks

ISBN 979-11-961736-7-8 (04800)
979-11-961736-3-0 (세트)

◦ 책값은 뒤표지에 있습니다. 잘못된 책은 바꾸어 드립니다.

이 도서의 국립중앙도서관 출판예정도서목록(CIP)은 서지정보유통지원시스템 홈페이지(http://seoji.nl.go.kr)와 국가자료공동목록시스템(http://www.nl.go.kr/kolisnet)에서 이용하실 수 있습니다.(CIP제어번호 : CIP2018032257)

RETURN
TO
SENDER